中国好诗

山冈诗稿

中国青年出版社

王单单 原名王丹，1982年生于云南镇雄。曾获首届《人民文学》新人奖、《诗刊》年度青年诗人奖、华文青年诗人奖、首届桃花潭国际诗歌艺术节·中国新锐诗人奖、首届"中国天水·李杜诗歌奖"新锐奖、《扬子江》年度青年诗人奖、《芳草》第五届汉语诗歌双年十佳、《边疆文学》新锐奖、《广西文学》优秀作品奖等。参加《诗刊》社第28届青春诗会。系中国作家协会会员，2016—2017年首都师范大学驻校诗人。出版诗集《山冈诗稿》《春山空》等。

这个家伙，“写疯啦”

霍俊明

王单单，这个家伙，短短的几年写诗都“写疯”啦！

我这样说在于他不仅写作越来越放得开，不畏手畏脚，而且还在于不断生长出来的诗歌气象。连一向牛得不行的雷平阳都对“云南后生”王单单另眼相看。当然，作为云南诗人雷平阳对王单单的诗歌写作是有影响的。比如雷平阳《祭父帖》之后很多人都开始写什么什么帖之类的，甚至更为搞笑的是我看到一个女诗人的诗集里所有的“帖”都被弄成了“贴”。王单单也写了《书房帖》还有《祭父稿》这样的诗。帖不帖的都不重要，关键是真实的自己在发声。

王单单的“疯狂”是有根基和底气的。一定程度上我喜欢那些具有特殊癖性的诗人。这种癖性不是作怪、作秀、伪装和打扮，而是从本真的生命状态中生发出来的。这是生命力的真实的癖性，我喜欢。王单单身体生猛，年轻气盛，浑身在冬天都冒着力比多的热气。正如他自己所写的《自画像》：大地上漫游，写诗，喝酒，做梦。扁鼻子、平额，一颗凸起参差的虎牙，身材矮小，偶尔假笑、痴笑、癫狂、自言自语。

在2012年秋天云南蒙自的第二十八届青春诗会上我第一次见到王单单。此前有几个云南人对我说一个叫王单单的镇雄诗人横空出世。那时我还不太相信，最多是看作本地诗人的互相吆喝。也是在滇南的夜色和秋雨里，我完整地读完了王单单参加青春诗会的组诗和长诗。我记住了那个地方——官抵坎。来自于阅读的信任是可靠的，起码在那时我认为这是一个确实有潜力的青年诗人。一见面，我就觉得王单单这个来自大山的家伙一脸坏笑嘻嘻哈哈，但是还惹人喜欢，起码不讨厌。我当了他的指导教师后，他一口一个地叫霍老师我也很受用。而我最认可的是在谈论诗歌的时候王单单的严肃、认真，接受批评。这也是他对诗歌极其认真尊敬的态度使得他在同龄人中能够继续走下去的深层原因。在碧色寨的漫天风雨和泥泞的山间路上王单单等几个八零后第一拨到达终点。年轻就是资本。此后我与王单单还在云南和武夷山见过几次面，每次他都以威胁的口气我让我喝酒。甚至在昆明的时候，那一次雷平阳外出，王单单眯缝着小眼睛坏笑着对我说，“雷老师给我一个眼神我就能让你喝趴下。”这个家伙，居然敢造老师的反？

我曾在福建的南平大山深处对王单单说，写诗一定要沉住气，你有那么多可以抒写的故乡和痛苦作为精神资源，你应该多写写组诗，不要感觉来了东一榔头西一棒槌的。说实话要建立自己的精神谱系，这个很难。王单单点头称是，然后健步赶上前面来自台湾的女孩，热情有加，不知道是在谈诗还是在谈生活或是其他。在福州和武夷山的两岸青年诗人朗诵会上王单单读了一首诗，里面用了大量的成语和古诗里的名句。他从舞台上下来我问他为什么这样写，他说这样显得有文化。我说诗歌不是知识，你不知道“诗有别才”“诗有别趣”这一古训吗？他就在那嘿嘿笑。

我喜欢生活中兴冲冲的王单单。我不断看到他举着大碗喝酒，在滇池边扛着自行车秀肌肉的照片。有一次王单单搞怪把额前的一撮头发用发胶粘着立起来，像极了当年的铁臂阿童木。

当然，我更喜欢写作中能够抛去戾气和冲动的王单单。

拉杂这么多闲话，该说说写诗的王单单了。

王单单的诗歌中不断出现和重叠“上凹村”、“官抵坎”、“仙水窝凼””。这是一个制作“乡村遗像”的人。

乡村的“病灶”如今正在大面积发作。他在滇黔“边地”特殊环境下所塑造的某种躁烈甚至暴动性的性格特征和精神气象在语言和修辞上迫不及待地迸发出来。他的灼烧、隐痛、荒诞、分裂、叫嚷还有沉默似乎与这个时代达成了空前紧张的关系。他个性化的语言方式所达成的“精神现实”使得这个时代带有了诡谲和不可思议的寓言化特征。而对于王单单这样的年轻诗人而言，如何在维持诗歌本体并进一步拓展自我精神的同时避免过于明显和直接的“底层”写作伦理和道德化倾向也是一个不小的难题。写作者的现实热望使得近年来的底层写作、打工写作、贱民写作和新乡土写作以“非虚构”的方式成为主流的文学趣味。这或者正如米沃什所说的诗歌成为时代的“见证”。然而不得不正视的一个诗学问题是，很多写作者在看似赢得了“社会现实”的同时却丧失了文学自身的美学道德和诗学底线。也就是说很多诗人充当了布罗姆所批评的业余的政治家、半吊子社会学家、不胜任的人类学家、平庸的哲学家以及武断的文化史家的角色。很多现实题材的写作用社会学僭越文学，伦理超越美学。这无形中形成了一个悖论：在每一个诗人津津乐道于自己离现实如此贴近的时候，我们却发现他们集体缺失了“文学现实感”。诗人必须具有发现性！诗必须站在生活面前！自媒体焦点社会现象背后的诸多关联性场域需要进一步用诗歌的方式去理解和拓宽。写作者必须经历双重的现实：经验现实和文本现实。也就是说作家们不仅要面对“生活现实”，更要通过建构“文本现实”来重新打量、提升和超越“生活现实”。而这种由生活现实向精神现实和写作现实转换的难度不仅在于语言、修辞、技艺的难度，而且更在于想象力和精神姿态以及思想性的难度。尤其值得强调的是对于现实写作往往容易分化为两个极端——愤世嫉俗的批判或大而无当的赞颂。我更认可波兰诗人亚当·扎加耶夫斯基对现实的态度——“尝试赞美这残缺的世界”。我们可以确信诗人目睹了这个世界的缺口，也目睹了内心不断扩大的阴影，但是慰藉与绝望同在，赞美与残缺并肩而行。这是一种肯定，也是不断加重的疑问。“现实”从来都不是虚空无着的，这一切都最终要在语言中现身矗立。尤其是王单单一系列写作“父亲”（比如《祭父稿》《遗像制作》《病父记》《父亲的外套》《一封信》《堆父亲》《自白书》）和“母亲”的诗，不仅与个体和家族有关，而且在我看来更与想象性的乡野历史和现实有关。可以说，王单单通过“父亲”“母亲”的“寓言”重新发现、提升甚至再造了“现实”。“寓言”从来都不是与“现实”无关的“故事”和“道德说教”的寄生物。

而几年下来，我的担心是多余的，王单单迅速穿越了每一个人写作的“黑暗期”。而更为重要的是他以诗歌写作证明没有滥用“身份”“生活”“底层”“乡土”和“苦难”“贫穷”的权利，而是愈益成熟和老辣地将这一切转换为诗歌中的生命体验和“精神现实”。由此，我喜欢王单单这种“介入”和“疑问”同在的写作方式，而不是对现实生活表层的日常性仿写。他能够直接以诗歌和生命体验对话，有痛感、真实、具体，是真正意义上的“命运之诗”。这是建立于个体主体性和感受力基础之上的“灵魂的激荡”，而没有沦为“记录表皮疼痛的日记”。

我一直关心当下中国诗人的“形象”——通过语言现实构建起来的精神形象。那么，王单单是一个什么形象呢？我看到的是在黄昏暮晚，一个小伙子坐在镇雄的山冈上。头发被吹乱，眼神坚定又有些茫然，牛仔裤在攀爬过程中已经磨出了破洞。一个巨大的悖论是一个身处故乡的人却时时寻找故乡。这是一个必然因多痛多思而“精神失眠”的“寻魂”人。当他独自在山冈说出“晚安，镇雄”的时候一颗青春的灵魂却难以安枕。这与当年海子“面朝大海，春暖花开”的语气多少有些相似，温暖的表象背后却是巨大的悲怆。

值得注意的是王单单诗歌中的私人空间和公共空间。与“自我”和“故地”相对的各种“异质性”的现代性空间在文本中不断叠加，甚至最终使人有些窒息得难以承受，“生于一九八二年，破折号指向未知／按照先后顺序，我走过 A 社、B 镇、C 县、D 市／E 省。壮志未酬，只能回到 F 村、G 镇、H 县等地／安身立命。”。这些空间的相互交错和特殊关系就形成了诗人的存在体验和想象视域。有时候王单单有意把“一个人”置放在具有原生性的大山、大原和大河深处，即使有莫名的孤独但也着实来的自在。

草木之心，乡野之心，孤佛之心，正与这滇东北的山川草木相应而生。

王单单这种“痛感”式的写作在新世纪以来的诗坛并不乏见，甚至一度成为伦理化的写作热潮。多年前我也曾经说过诗歌绝不只是痛苦和眼泪，这种廉价的道德判断所产生的力量还不如直接贴小广告、写举报信或直接揍坏人一顿更来得痛快直接。因为，最终必然是诗歌自己在说话。王单单的一部分与此相关的诗确实有强烈地对城市化和现代性的尖利批判，在镇雄的黄昏、夜晚和凌晨他不断对那些现代性的幽灵报以不满和疑问。但是，只有当这种道德化的判断更为无痕迹地化在诗歌中的时候，这才是王单单的意义。就着诗歌写作的道德判断和“乡愁”伦理我想强调的是王单单的诗尽管有此倾向但却没有由此形成“素材洁癖”和“修辞道德感”。这个非常重要。进一步说王单单的诗是比较开阔的，即使在处理道德判断素材时也能呈现复杂性，而非把自己扮演成乡村的代言人和城市的掘墓者、送葬人。这不是单一美化，也不全是揭批痼疾，而是尽力作为一种还原的方式。也就是，王单单处于那样的地理文化空间和精神命运他只能写这样的诗。实际上诗歌作为一种较劲、批判和还原还不够，诗歌必须具有“发现性”和“创设性”。我对王单单最满意的也是他一些诗歌中的这种“发现性”。由此，诗歌对于王单单来说更像是一次次“冲洗”。它拂去尘土和工业粉尘让人们重新看看那些被抛弃、掩埋、遗落和破碎的东西。我也希望这种发现性成为王单单写作的一个责任——诗人的责任、语言的责任。这才真正回到了那句古话“修辞立其诚，所以居业也”。年轻诗人可以生猛百无禁忌写作但是千万不能世故油滑。王单单有时也和很多青年诗人一样有急于表达的心理，由此他也准备了一个“速写本”，看到什么就立刻描摹出来，比如王单单诗歌里时时出现的那些街边的“流民群像”。如果这样的诗作为一种写作积累是很好的事，但是作为每一首诗的“完成度”和诗歌之间的“区别度”而言，这些“小景”“速写”显然还欠些火候。

每一个诗人都会有自己的诗歌腔调和语气。王单单的诗除了一部分具有沉滞黑暗质地的顿挫之声外，我更欣赏的是他在《滇黔边村》《后将进酒》等那些诗歌里所凸显拼贴、杂糅的半文半白近于调侃和严肃之间的“仿县志体”。这种语境差异明显甚至“驴唇不对马嘴”的话语腔调不仅深层次上与“民间”“草民”的个人化历史想象力有关，更与“贱民”“异教徒”的自我调侃和嘲讽有关。而嘲讽和戏谑的背后带来的另一种滋味的难以释怀的沉重才是这一腔调更能打动人的部分。王单单近期的诗歌中有大量的“成语”（包括惯用语、谚语和古诗名句）出现，且这些“成语”都带有普通人和乡野百姓的美好愿景的精神指向。但是这些“成语”在王单单制造的“反用”语境中却被转换成了解嘲的意味。换言之这些具有“农耕”特性的“美好的成语”在具体的现代性和城市化的现实情境中根本就不可能实现!

与此再与“诗人形象”联系在一起的话，王单单则是拿着凿子、锤子和斧头在城市和乡村中间地带的山地开凿并企图錾刻乡村墓志铭的人。

2015年3月26～27日

4月20日改

5月5日再改

目录

第一辑　晚安，镇雄

第二辑　一个人在山中走

第三辑　寻魂

第四辑　祈祷

中国好诗

山冈诗稿

第一辑

晚安，镇雄

雨打风吹去

我老爹，年近花甲，在地里
仍想着去远方，劫回落山的太阳
我叔父，孤家寡人，在家里
自言自语，等那些多年未归的子孙
我族兄，携妻带子，在广东
一家人内心的荒凉，被机器的轰鸣声震碎
我大哥，埋骨他乡，在天堂
投掷石子，此时，母亲是一面伤心的湖水
我内弟，单枪匹马，在浙江
犹大的门徒，用罂粟花擦亮尖啸的枪声
还有我，身无长计，在故乡
找故乡，二十九年雨打风吹去
大浪淘沙，一个家族浮沉千年
就这样，被生活的礁石
撞击得
七
　　零
　八
　　　落

丁卡琪

丁卡琪真的吻过我。唇印
在左脸上，像一颗生锈的螺丝钉
把我拧紧在城市的东郊

丁卡琪不一定叫丁卡琪
也许，她叫菊菊，翠翠或者花花
她以为，有了好的翅膀
就能在夜间飞行
东南西北地飞，低空展翅
羽毛，被灯红酒绿烧毁

丁卡琪去湖北探母
回来向我讲述
坐飞机的感受，她说
从天空看城市的夜景
光明，支离破碎

很多次，穿过东站
穿过上凹村
穿过污水横流的巷子
穿过丁卡琪
我就戳上了黑暗的肋骨
坚硬而锋利

出租屋里，我喝丁卡琪的半瓶劣质红酒
她倚着我肩，娴熟地吐出一口
纯白色烟雾，丁卡琪说像一袭婚纱
可惜，无法抓住——

丁卡琪坐在我对面
不言不语，像民航机场待航的客机

愿 望

抚平额上的峡谷，解冻头顶的雪山
压住你卡在喉间上气不接下气的咳嗽
你终于明白，人生最美的东西都在背后
你一直想，扔掉拐杖、老花镜和助听器
从耄耋撤退，退回到古稀，退回到花甲
退回到你办公室的椅子上
翻牌、斗地主，熬你退休前漫长的天命
退回到不惑，退回到主席台上，高谈阔论
带着一头雾水
到你的鲜花与掌声中去拥抱、握手
退回到你的而立之年，娶妻生子
做房奴，按揭青春，为柴米油盐
和她闹得你死我活
退回到你风华正茂的年代
去花前月下，做风流的鬼
去恋爱，去工作
退回到你顽劣的童年
马路上，挖闪脚坑
舔九妹扔掉的糖果纸
退回到你口啜拇指的年代
从母亲“幺儿乖乖”的声音中酣睡
最好是收起
你呱呱坠地时的哭声
最好是交出

你睁眼时的第一缕阳光
退回到子宫去
最好是，把人间也带走
像不曾来过一样

卖毛豆的女人

她解开第一层衣服的纽扣
她解开第二层衣服的纽扣
她解开第三层衣服的纽扣
她解开第四层衣服的纽扣
在最里层贴近腹部的地方
掏出一个塑料袋，慢慢打开
几张零钞，脏污但匀整
这个卖毛豆的乡下女人
在找零钱给我的时候
一层一层地剥开自己
就像是做一次剖腹产
抠出体内的命根子

滇黔边村

滇黔交界处，村落紧挨
泡桐掩映中，桃花三两树
据载古有县官，至此议地
后人遂以此为名，曰：官抵坎
祖父恐被壮丁，出川走黔
终日惶惶，东躲西藏
携妻带子，落户云南
露宿大路丫口，寄居庙坪老街
尘埃落定于斯，传宗接代
香火有五，我父排三
邻舍出资，我父出力
背土筑墙，割草盖房
两省互邻，鸡犬相闻
有玉米、麦子、土豆、高粱烟叶等
跨界种植，一日劳作汗滴两省
余幼时顽劣，于滇黔中间小道上
一尿经云贵，往来四五趟
有时砍倒云南的树，又在
贵州的房顶上生根发芽
官抵坎毗邻贵州沙坝村
戊辰年（1988 年），计生小分队搞结扎
两村超生户换房而居，同样
日出而作兮日入归，奈何不得
庙坪、官抵坎以及黔之沙坝

上北下南，三村相连，官抵坎居中
一家有红白喜事而百家举
满堂宾客，会于一地，酒过三巡
便有沙坝村好事者唱到：
“官抵坎，泡桐林，家家出些读书人
庙坪街，土墙房，家家出些煤匠王”
庙坪不服者引吭对之：
“莫把别人来看轻，其中七十二贤人
能人之中有能人，看来不是等闲人
看你要定哪条行，我来与你定输赢”
歌声磨破夜空，每每通宵达旦
官抵坎，官方域名大地社
寻常百姓如大地之沉稳朴实
杂姓寡，王姓人家十之有九
白天事农，夜里各行其事
垂髫戏于院，豆蔻嬉于林
弱冠逐于野，而立、不惑、知命者
或者棋牌，或者谈论女人和庄稼
偶有花甲古稀不眠者
必有叶子烟包谷酒侯之
九十年代后期，官抵坎
有女嫁人，有儿远行
剩下老弱病残留守空村
阔别十六年，梦回官抵坎
曾经滇黔交界上的小道
我从云南找到贵州，又从贵州找到云南
都找不到我少时留下的尿斑

晚安，镇雄

凌晨两点零五分
我无法睁只眼闭只眼睡去
解放牌汽车满载国土资源
把子夜的欲望加宽改装
一辆接一辆轧过国家公路
像送葬的队伍，步履沉重
晚安，镇雄
晚安，未眠的人们
小流氓叫嚣着要干掉带头大哥
用刀子切下一块黑夜
扔进青春暗红的酒杯
把铜质的酒吧美女灌醉
晚安，镇雄
晚安，那些躁动的灵魂
拾荒者清理着废弃的旧梦
这个来自苦难帝国的异教徒
他在废墟上打坐，默念咒语
将白昼和黑夜缝合成光阴的墓场
晚安，镇雄
晚安，美丽世界的孤儿
商品房高过魔鬼的目光
那些走失的魂魄是空中悬挂的灯火
房产商是这个时代的伟大天才
他们把人民大众几千年

做爱的高度推到了另一个层次
晚安，镇雄
晚安，在空中出生的一代人
我不能睁只眼闭只眼睡去
我想这是我的病
我逃离人民医院的时候
这个城市真安静
晚安，人民公园
晚安，南大街
晚安，赤水源广场上寂寞的探戈
晚安，龙井路八〇后的矛与九〇后的盾
晚安，街心花园醉倒的酒鬼
晚安，南大桥殉情的鬼魂
晚安，镇雄

路边的理发匠

一镜一凳一剪刀
一招一式一人生
这个在别人头上开荒的男人
始终找不到自己的春天
二十多年了，路边设摊
匆匆过客，不问姓名和出处
他以为，剪掉太阳的胡须
整个世界就年轻了
沧桑的手上，剪刀飞舞的速度
赶不上生活的浪潮
他所抚摸过的头颅
有些已身居庙堂之高
有些已埋于黄土之下
剩下余温，烘干他潮湿的眼眶
哦，或许他剪的不是头发
是自己所剩无几的光阴
很少有人在路边
购买他过时的技艺了
就在昨天，他对着镜子
打扫额上堆积的雪花
看见后山长满野草

工厂里的国家

把云南、贵州、四川、山东等地变小
变成小云南、小贵州、小四川、小山东……
这个时代早已学会用省份为卑贱者命名
简单明了。省略姓氏，省略方言
省略骏马秋风塞北，省略杏花春雨江南
如果从每个省、自治区、直辖市和特别行政区
分别抽一个农民工放到同一个工厂里
那似乎，这个工厂就拥有一个
穷人组成的小国家

自画像

大地上漫游，写诗
喝酒以及做梦。假装没死
头发细黄，乱成故乡的草
或者灌木，藏起眼睛
像藏两口枯井，不忍触目
饥渴中找水的嘴。
鼻扁。额平。风能翻越脸庞
一颗虎牙，在队伍中出列
守护呓语或者梦话
摁住生活的真相
身材矮小，有远见
天空坍塌时，想死在最后
住在山里，喜欢看河流
喜欢坐在水边自言自语
有时，也会回城
与一群生病的人喝酒
醉了就在霓虹灯下
癫狂。痴笑。一个人傻。
指着心上的裂痕，告诉路人
“上帝咬坏的，它自个儿缝合了”
遇熟人，打招呼，假笑
似乎还有救。像一滴墨水
淌进白色的禁区，孤独
是他的影子，已经试过了
始终没办法抠除

后将进酒

扑尘归来兮　怀揣二两清风
扯七尺星空缝补这个城市
华灯照古邦　别了丰乳肥臀
弟兄四五　笑谈风月醉乾坤
中途尹马君来电　东篱无花
南山相去甚远　独坐黄昏
在一首诗中　与斜阳打赌
庚哥　汝亦官亦文
天下风月　点缀大生活
偷得浮生半日闲　一片桃花一片佛
常兄　尔之先祖　碰倒元朝龙椅
马蹄之下　抢出洪武建文
一谱续今　你拾起一枚金币
城市的缝隙里　做个三流农夫
安尔君　杯莫停　万古愁与尔同消
牧童遥指杏花村　大雄丽影中
你的七姊妹花　扶着城墙　笑死春天
兄台朱江　何苦与朱元思书
从黄金屋出来　颜如玉在我身边
忘记在斯卡布罗集市的日子
上帝干杯　我们随意
牟兄　一介书生　喝干唐朝酒窖
把自己喝成高压线　烧断保险丝
南大街上　薛涛鱼玄机　为你灭火

莫急　前世缺席之酒　再满上
今生未尽之兴　先饮尽
百年之后　若吾与尔等缘尽此生
暂别杜康　不谈风雅颂　不论赋比兴
来来来　端起酒杯　端起你　端起我
莫问今宵酒醒何处
赤水河畔　月映乌蒙

叛逆的水

很多时候，我把自己变成
一滴叛逆的水。与其它水格格不入
比如，它们在峡谷中随波逐流
我却在草尖上假寐；它们集体
跳下悬崖，成为瀑布，我却
一门心思，想做一颗水晶般的纽扣
解开就能看见春天的胸脯；它们喜欢
后浪推前浪，我偏偏就要润物细无声
它们伙在一起，大江东去
摧枯拉朽，淹没村庄与良田
而我独自，苦练滴水穿石
捡最硬的欺负。我就是要叛逆
不给其它水同流的机会。即使
夹杂在它们中间，有一瞬的浑浊
我也会侧身出来，努力澄清自己

名垂千古

我时常在阳台上
用水写下自己的名字
颜筋柳骨的血管中
流淌的姓氏
清澈　透明
真想让它名垂千古
我便换用墨汁重写了好几遍
可是　我看到的
是笔画的骨头里
藏着的大面积黑暗

河流记

河水在河床上从来没有睡着
像一条蛇，穿梭于山川与峡谷
鹅卵石是河流产下的蛋
河流的痛，就是肉身下滑
直到淌成大地的伤疤
也没能在蛋里孵出另一条河流
有些河流，大地之上
在自己的脚印中奔跑
浪尖上泛起一座光的教堂
有些河流，埋于泥土之下
在自己的魂魄中行走
一滴水，就是一颗头颅
它们攒动着，在黑暗中摸索
通往人间的路。同一条河流
没有相同的两朵浪花
有时候，错过一朵浪花
就错过它一生的绽放

双乳山

石头丰胸，饱满而挺立
双乳山就像她的名字
两只奶子突兀在群山之上
只要春天到来，就会把双乳山
挤紧。乳汁，像劣质的饮料
染绿了乳房和她周围的肌肤
可是，双乳山却喂不饱
山脚下那些饥饿的嘴
其实，双乳山也没什么了不起
她只是离天空更近一些，离现代文明
更远一些，离贫穷更近一些
离幸福更远一些
双乳山全年日照不足一百天
海拔高，气候寒冷
山上经常下雨。遗憾的是
我从来没有看见，哪一场雨
能够洗白双乳山下的黑夜

痛哭的人

我是不是可以这样说
斜挂在你脸庞的那滴泪
是一片小小的海
我是不是可以说
它只是天空剥落的一粒蔚蓝
可事实上，我看见的
是你抽泣的痉挛
我看不见的那片海
才是你的泪

书房帖

到最后，节节败退的不只我
还有那些古老的泄密者，心藏经卷
退回东边的墙角，一册一册垒高
把自己叠成一面悬崖，嵌在岩上的
是圣贤的悬棺和大师的喷嚏

枯坐书桌旁。十平米的孤独
像一间狭窄的墓室，作为殉葬品
我是多么寒酸。尘埃落满琴架
琴声还未腐烂，我真想
弹一曲《十面埋伏》，飞沙走石
活着是一件危险的事

四处碰壁。就在书房里生根，像盆栽
学习电脑旁的仙人球，收起锋芒
听王菲唱《心经》，在泥土中修行
很多时候，我的砚台干旱
像一块小戈壁，在其中
倒几滴酒，就能还原海的真身
就能触摸到水底的星辰

我的书房，在安尔村
D 级危房，屋顶上荒草倒伏
远远望去，它像一块
爬上天梯的荒原

寂寞令

抽刀杀水，我无法将自己的倒影
拦腰斩断；无法给一滴水珠开膛破肚
取出它体内的晶莹；无法剥离一朵
浪花里的月色；无法阻止一条负伤的河
纵身跳下长满青苔的悬崖
我只能沿着僻静的山路
绕开灯火阑珊的村庄
孤身回到寝室，躺在黑暗中
听远处的狗叫，隔壁男教师
在下水池边撒尿时故意开大的水声
以及枕边，一只蚊子飞离琴弦时
蹬出的沉闷音符

致 Y

能否把整个村庄搬到水上
那样，在我远渡重洋时
只需在内心抽出一束月光
就可以为你点亮整个海洋
能否让我把天涯搬回来
隔一条涟漪，与你比邻而居
那样，在我孤独时就可以
用一滴水珠，敲响你的轩窗
或者，干脆这样吧
让我睡在你的睫毛上
那样，只需你一睁眼
我就会擦去你眼角的忧伤

采石场的女人

把日子扔进碎石机
磨成粉，和上新鲜奶水
就能把一个婴孩，喂成
铁石心肠的男人。她
抬着一撮箕沙，重量
是离她十米远的草堆上
婴孩的若干倍。现在
婴孩像一架小小的碎石机
初来人间，已学会把上帝
反锁在天堂，用哭声
敲碎大地的门
但她暂时顾不上这些
她只知道，石头和心一样
都可以弄碎；她只知道
熬过一天，孩子就能
长高一寸

我恳求一场雪

昨夜风声
预言了天荒地老
清晨推门而出
冷霜染白四野
露珠，头戴孝帕
跪在草尖上
对着星空祈祷
我听到它们的絮语———
只有雪，才能喊醒死去的河流
我匆忙跪下
恳求
这个冬天
一场雪
能帮我喊回
那些远离故乡的人

最后一排靠窗的位置

最后一排靠窗的位置，十三岁的卢金花经常发呆
每当老师提问时，风才把她的课本掀开
最后一排靠窗的位置，十四岁的卢金花扎着羊角辫
笑迎春风，像一束桃花斜倚在课桌的左上角
最后一排靠窗的位置，十五岁的卢金花含苞待放
红着粉脸，把前排男生传来的纸条悄悄扔掉
最后一排靠窗的位置，突然空了
最后一排靠窗的位置，十六岁的卢金花不知去向
同学们说，卢金花嫁人了，青春换成父亲的酒钱
从此，我就再也没有见到卢金花了
后来我在村计生资料上看到：
渣滓沟村民小组，卢金花，十九岁，二孩结扎
最后一排靠窗的位置
经常空了，然后又不断
被新来的女生补上

仙水窝凼

山赶着山，石头背我去摸天空
不能再高了，我已看到蓝色的
天梯，以及衰草中睡着的云朵
仙水窝凼，诸神沐浴的地方
干渴的灵魂，带着朝圣的心
饮一碗仙水兮，人丁兴旺
饮两碗仙水兮，五谷丰登
人们放下锄头，从四面八方
涌向山头。初秋已至
风声提前预警，高原之上
野花叛变季节，想开就开
累死的人们，再一次被酒救活
乌鸦飞过丛林时，像盾牌
被山歌击落。仙水窝凼啊
群山怀抱，一潭秋水
暴露神的行踪

别字

久不提笔
本想写一个家字
却不小心写成冢
天呀，这段时间
我都在想些什么
虽然，我知道
冢，才是人生
最后的家
但还是免不了
悲凉地
走到室外
一个人
躺在草地上
晒了一早上太阳

一九八二——

生于一九八二年，破折号指向未知
按照先后顺序，我走过 A 社、B 镇、C 县、D 市
E 省。壮志未酬，只能回到 F 村、G 镇、H 县等地
安身立命。其间，爱过 I、J、K、L、M 等女人
恨过 N、O、P 等男人，做过 Q、R、S 等工作
写出 T、U、V 等诗歌，流过 W 次泪，喝过 X 斤酒
Y 年以后，时光擦去这些字母，毫无痕迹
一个名叫 Z 的年轻人在纸上写下：
王单单，一九八二——？（卒年不详）
生平事迹无详细记载，悲欢
与爱恨，押解他奔向一个问号。仅此而已。

旧美人

她曾有一双轻盈的翅膀
在黄金打造的天空下飞翔
她是一只飞累的丹顶鹤
总想把尖尖的喙伸进名利的酒杯
她抖掉指间的烟灰
身子摇晃，乳房上的玫瑰
花开在领口，刺长在肉里
这个旧了的美人，喝醉时
傍着我不停念叨：
坏男人多，这个道貌岸然的时代
一个女人，要想守身如玉
需要在两腿之间
纹一个门神
然后哈哈大笑
然后放声痛哭

午夜的农场

有约不来过夜半
我一直在等
等你的脚步声靠近我的农场
在一块红土中，种下嘴唇
日日思君不见君
葡萄熟了，草莓熟了
肥水为你白白流向外人田
闲敲棋子落灯花
棋子碎了，灯光灭了
只身走进牧场
看兔子吃尽窝边草

卖铁的男孩

他卖掉铁环，镰刀，马蹄铁
以及爷爷拐杖末梢的金属
他掘地三尺，翻出折戟沉沙的历史
他甚至奢想斜阳洒下的余辉
可以兑换货郎手里的风车
最后，他卖掉门扣
让风吹醒屋里空荡荡的黄昏

货郎走了
背影越发狭小而尖锐
像一枚银针
拔出一个时代胃病中的黑夜

上个世纪九十年代初期
滇东北农村，一群饥饿的孩子
梦见自己变成铁
被远方带走
炼制成挂在幸福腰间的瓦刀

赤水源广场

像一个秤盘，挂在南大街中段
多年来一直掂量着这个城市的斤两
天空的跑道上，太阳脱下绯红的服饰
挂在天边，晨曦从朝霞中穿过广场
羽毛球邀请健身操和太极拳，在一个
小馆子里点了三份加肉的大碗米线
那个秋天午后，赤水源广场中央
卡拉不再 OK，着装正派的美眉正向
一双来自乡下的解放鞋推销着怀里的优酸乳
孩子们舔着手里的棉花糖，午休在麻将桌边
一只圆润的蕾丝长袜上。假和尚慧眼识珠
他能看出二筒和幺鸡谁胜谁负
夜郎国的黄昏，在赤水河畔洗净身子
一头扎进傍晚的音乐中。滑板上的少年
穿行在不甘寂寞的探戈里，在小商贩的
吆喝中，花掉了手里的零用钱。
那个破残棋的家伙输了手上的月光，正与
一只失眠的夜莺暗对着夜里的情歌
人头攒动，红男绿女，单个或者成群结队
像一些关系模糊的病句
填满广场的空格

车过高原

1
汽车穿过羊群，慌乱中撕毁了矮处的黄昏
两排枯木，像别针，把村庄别在高原上
那些树，那些春天的异教徒，在死去的高枝上
悬着黑乎乎的鸟窝，像绝望的革命者举起手雷
企图炸开天空，开辟出一个没有黑夜的宇宙
或者，这些空空的鸟窝就是黑夜的睾丸
它让一只乌鸦，这高原上的寡妇
意乱情迷

2
汽车奔跑在公路上。不知
要绕过多少弯道，才能跑成星光灿烂
跑成晚霞的前生，跑成一束映山红
被谁的双手虔诚地捧到光阴的墓前
这一切，无法预知
汽车奔跑在公路上。

3
黑夜中，汽车是一座奔跑的教堂
承载着我的信仰和欲望
追着车灯，追着一小块光明
忽远，忽近。

4

间或，迎面的光束擦过我的左脸
妖精不在山中修行，爬上卡车副座
与死亡调情，司机摁住喇叭
摁住飞翔带来的快感
那声音，亢奋而又凄厉

5

“天似穹庐，笼盖四野”
月光以我为饵，在水边垂钓自己的影子
我真想把肉身从骨骼上脱下来
去草丛里捧一把泥土，把自己捏成苦行僧
赤脚走过墓场，慈悲如水
为睡着的白骨
洗净来生的痛苦和悲悯

6

穿村过寨，用丝绸裹紧马背上的村姑
我从中原来，喝醉在滇黔边境上的客栈
占山为王，干着杀富济贫的活计
一直这样胡思乱想。不知不觉
地平线勒断黑夜的脖子，山背后
太阳的头颅正被晨曦慢慢提起

中国好诗

山冈诗稿

第二辑

一个人在山中走

滇中狂想曲

这次我落草为寇，隐身百草岭
积木成屋，窗口向南
能看到，山下的集市
摆着芦笙和唢呐
唱歌的咪依噜，头戴马缨花

这次我削发为僧，六根不净
昙华山中点青灯，睹佛思人
下山化缘时，偷偷在摩崖上
刻她的名字，把恨
刻得像爱一样深

这次我采菊东篱，见枯木
死而不朽，朽而不倒
岁寒，然后知松柏之后凋
借山中木叶，吹一曲《梅葛》
替它还魂

这次我饮酒成鬼，囚于大姚堡
黑夜之中写反诗，我歌月徘徊
我舞影凌乱。一个被埋的人
他还没有死；一个死掉的人
他还没有被掩埋

这次我在滇中赶路，找自己
路过姚安府，途经龙华寺[1]
写诗，喝酒，爱陌生女人
再重申一遍，我姓王
真的不是你们所说的
那个姓徐，名叫霞客的人

①公元 1638 年，旅行家徐霞客曾游历滇中，龙华寺当时的住持和尚寂空为他敬奉午餐，并留他在后轩歇息。

去鸣鹫镇

走的时候，他再三叮嘱
请替我向哀牢山问好
请替我在鸣鹫镇穿街走巷
装本地人，悠闲地活着
请替我再游一遍缘狮洞
借八卦池的水，净心
说到这里，电话突然挂了
我知道，他的喉管里有一座女人的坟
那些年，我们翻出红河学院的围墙
去鸣鹫镇找娜娜 ——— 教育系的小师妹
他俩躲着我，在旷野中接吻
在星空下拥抱。每次酒醉
他都会跑来告诉我
娜娜像一只误吞月亮的贝壳
掰开后里面全是白嫩嫩的月光
此时我在鸣鹫镇，他又来电话
让我保密他的去向，让我
不要说出他的沧桑

在孤山

我把所有的孤岛都看成
水中坐牢的石头，不说话
终日忍受惊涛拍岸的酷刑
海未枯，涛声不会旧
如果破釜沉舟，断了回去的路
从此就不想家，不想岛外的人

亲爱的兰隐，我是这样想的
岛上有寺，艾叶兄可削发为僧
当一天和尚，撞一天钟
直到月落乌啼，秋霜满天
胡正刚憨厚老实，让他周而复始
将山下的礁石，推至山顶
再滚入水中

而你和我
一个心慈面善，适合烧香
一个玩世不恭，需要拜佛
闲暇之余，可去林中
那里有两架秋千
一直空着

去澄江，或三个反悔的人

彝人来自凉山，趁天色蓝净
要去梦中放一只鸽子，效仿鸿雁传书
其母枯坐山中，日复一日
空等字句飘落，像等一场雪
逼回远走的人。百行孝为先
可以谅解

书生叫杨昭，坐不改姓
据说行也不改名，无字无号
长发正当飞舞，电话响起
他妻子打来的。大意是：
子归，请速回。天伦难得
可以谅解

第三个人，要改小说
响水镇一再删减
客栈之外，仅剩半截木桩
天马行空，任他自由
可以谅解

总有人会去的，在车站等我
他说，不急
山河还在，破的只是梦
一上车，蒙头就睡去

帽天山上

他们指着路旁的村庄
门庭紧闭。矮墙上
挂着辣椒和玉米。带路的人
迷失在路上，我不管
一直都在走错，包括生

帽天山上，大面积的桉树
毁于一场雪，阳光拂过头顶
落叶还有余温。相思树
开细小的花，让一条林荫道
弯成深巷，曲径通幽
纵向森林深处

沧海桑田，五亿多年前
帽天山是一片洪荒
而我只是某种没有名字的
脊椎动物，躲在月光里
数自己刚刚长好的骨头

老了就到帽天山，找棵树
靠着死去。或许，再过五亿年
有人敲开一块化石，还能发现我
温暖的血，和泪水

一个人在山中走

一个人在山中走
有必要投石，问路
打草，惊蛇，向着
开阔地带慢跑。一个人
站在风口上，眺望
反思，修剪内心的枝叶
看着周围：树大，招风
一个人走到路的尽头
还可以爬坡，跳埂子
相信没有过不去的坎。一个人
攀上石岩，抓住四处蔓延的
藤条，给远方打个电话
告诉她，真的有种东西
割不断，也放不下
一个人爬到最高的山上
难免心生悲凉，这里
除了冷，就只剩下荒芜
一个人在山中走，一直走
就会走进黄昏，走进
黑夜笼罩下的寂静

广德关遇白发老者

若非逃亡，无人愿来广德关
枪声过处，草木瑟缩
绝壁断崖间，冲出一条空荡荡的峡谷
像一柄刀鞘，拔出去的河至今无法收回
一个老人，守着自己的残山剩水
从荒草中抬起头，慢慢向我靠近
他介绍，家住关口上
孤独时，就来沟里走一走
我第一次惊觉
人生苦短，像一个回音
喊出去时，青丝莽莽
回来已是白发苍苍

月亮河

她的指尖能触及到
黑暗两边荒草倒伏
推开峡谷，河水走了
带着湿漉漉的叹息上路
像一场失败的恋情中
她掩面痛泣的转身
多年来，我独自在村庄
不扫门前雪也不管瓦上霜
坐看一条淌过远方的河流
抱紧月亮，把自己割伤

后来，河流死了
一个樵夫刨走土里的月亮
河床抬起流水的坟墓
阻断我回家的路

下飞机，转乘地铁

上天入地的事
我只干过这一回
走出机舱，就像逃离虎口
贱命一条，可我还是怕死
怕魂魄在空中游荡时
撞上一朵坚固的云，怕
身体坠落时，在谁的心上
砸出一个坑。现在
提前来到泥土之下
抽走的白骨，被重新装进
肉身。我把周围的广告牌
铁轨，以及身边戴着首饰的女人
都看成殉葬品。真的无可救药啊
我仍然渴望找到出口
挤出人群，在阳光普照的
大地上，走成一个
形单影只的人

在昭通

黄昏是夕阳的断头台
多么悲伤的时刻呀，夜晚不可避免
去西街拜访友人，去娱乐城散心
或者可以中途掉头，回到团结路
与一个酒鬼碰头，两个潦草的人
相顾无言，把彼此当成坟墓，埋下酒
再一次走上昭阳大道
月亮如此苍白，像一口痰
被夜空含在嘴里

告别安尔

开门就是峡谷。大地凹下去的地方
雾霭晃荡，柔软洁白，像一杯牛奶
随时会浪出山外

山上有榛子，野板栗，毛竹
惚木，蕨苔，狗铃草，蝴蝶花
据说还有珙桐，又名鸽子树
或许，这种树，它想飞

能飞的，我还认识一种：
乌鸦。一只、两只、三只
大摇大摆，走在乡村公路上
或者操场边。一条狗扑过去
它们就飞起来，又落在不远处

不远处，河流是乌江的一段
夏热。秋凉。适合裸泳
村妇突然出现在河岸时，可借
流水遮羞，身子藏进深处
只有头，露出水面

沿着水，就能找到人家
买土鸡，小灶酒
在日落之前，把自己

喝得面红耳赤
那时，隔三差五
朋友们会来看我

访万佛寺

日照高林，空中打坐的
落叶与飞鸟，比我安静
紧靠围墙，梵音中茁壮的
青松和桦槁，比我虔诚
大殿之中，我转了一圈
抬头看见地藏王菩萨
他曾受托如来，许下大愿
“众生渡尽，方证菩提
地狱不空，誓不成佛”
有点心慌，赶紧关上寺门
从晨钟与暮鼓之间
侧身走进滚滚红尘

过双马岗侧

1

我的突然造访，让守林人
一阵惊慌，透过灯光
他确认，我不是野兽
也不是山上滚下来的
半截枯木。几个月来
他第一次见到人
在双马岗上
在这阴雨绵绵的夜晚
或许，让守林人长满苔藓
双马岗上的孤独就能变成青藤
死死缠着他。没有酒
一壶苦丁茶，轮着喝
先说有趣的事，我们说到
蚂蝗、毒蝇、竹鼠、野猪
还说到熊，他叫它老黑皮
像喊某个朋友的绰号
我们说到命，说到
夹在骨缝间的疼。沉默
良久。还是我先
说到女人，他狡黠一笑
“双马岗上只有无边的森林和母野猪”
之后又补充一句
“那年我在广东也干了不少”

这时，炉火正旺
而他内心，很明显
已燃成灰烬

2
我能叫出名字的
有珙桐、接骨木、冷杉、鱼腥草
蛇莓、三叶酸、百合、鸟巢蕨
如果十年能树木，百年就能树人
但在双马岗，时间会短一点
十日之内成为笋，十日之后成为竹
我最喜欢的，是漫山遍野的竹林
如果死后，让我为她
转世，还债，成为一株植物
我选择罗汉竹
饿了，她可以吃笋子
味甘，微寒，但无毒
渴了，她可以剖竹取水
清热解毒，亦可当药饮
想我，就种我在房前屋后
我为她破土而出

尼姑庵

怀揣难念的经，投奔佛
剃度的花，把春天挡在墙外
木鱼声声，经文熬药
无法疗愈花苞炸开的疼痛
上天无路，入地无门
奈何真身如桥
飞架生死之间

在龙华寺

有人落地成佛
铜质的，金光炫目
头枕酒葫芦，仰躺于院中
老尼姑说，在佛的身上
摸自己的痛处，可消除。
如果手酸，就摸它的手
如果脚疼，就摸它的脚
如果流泪，就摸它的眼
如果委屈，就吻它的嘴
有点遗憾
我想要摸的，佛没有
比如悲伤，比如心痛

在江边喝酒

古人说的话，我不信
江水清不清，月亮都是白的
这样的夜晚，浪涛拍击被缚的旧船
江风吹着渔火，晃荡如心事
这一次，兄弟我有言在先
只许喝酒，不准流泪
谁先喊出命中的疼，罚酒一杯
兄弟你应该知道，回不去了
所有的老去都在一夜之间
兄弟你只管喝，不言钱少
酒家打烊前，整条船
都是我们的，包括
这船上的寂静，以及我们
一次又一次深陷的沉默
兄弟你知道，天亮后
带着伤痕，我们就要各奔东西
兄弟你看看，这盘中
完整的鱼骨，至死
都摆出一副自由的架势

金沙江对岸

对岸就是安边镇，小说家胡性能
指着金沙江上的村庄说。
护国战争时，那里打响了
云南入川的第一战。我知道
子弹投在江面的倒影，与飞鸟
留下的一样美丽，动人。我更知道
子弹最想去的，不是岸上的
高山与密林，而是人的心脏——
里面住着我们的母亲和女人。

记大山包夜游

冷风吹开雾霾的野心，青山终于还是老了。
在大地通往天空的途中，
明月悬在海尾巴村顶上
照着秦家客栈的窗子，
照着鸡公山下一落千丈的村庄
放眼望去，霜雪满人间。跳礅河畔空留一人
正把影子举过肩膀，他只身去往空旷的地方
与自己赴一场天下不散的宴席。他要借着酒劲
才敢活着，与无边的荒草站在一起。

我行其野

偶回故乡，就去野外
认父亲留下的土地。近处的
有人种，是谁，并不知晓
远处的，长满蒿草
隔着大沟，扔一块石头过去
会惊飞几只鸟
斜坡上，早些年是荒山
后来开拓成田地
现在又变成荒山
脚下这片，稍微平坦
母亲撒了一地荞麦
都已齐膝
那天我累了，躺在里面睡觉
起身时，荞麦地凹陷的
人形，像一只破碎的瓦罐
盛满落日洒下的黄昏

舍身崖

舍身取义的地方，走投无路
可纵身一跃，与人间一笔勾销

舍身崖下，湖水清澈
浪花比绝望者还要苍白

那天，我站在舍身崖边上
湖中倒影，盯着岸上的真身

我想，命中陡峭的人
灵魂都有一面悬崖

夜宿以古镇

风吹着空酒瓶，像哭声
在窗外滚动。我梦见
自己变成一块玻璃
破碎，让我变得锋利
醒来。误把月亮当成
天空的墓碑。死去
让活着变得更加完整
谁见过午夜的以古镇
一条街穿过两边的建筑与寂静
像切开黑暗的一道缝隙
狭窄，但足够我通行

夜行遇雨

黑夜越握越紧，闪电是
一条挣脱手的泥鳅
在天空打洞时，被雷声再一次刨出
它让我看见，旷野中裸露的墓碑
像一粒失落的麦穗，正等待收割者返回
我有点心虚，想大步离去
但满是泥泞的路，宿命般
咬住我的双腿

在夜郎国的山上

云朵如柴禾
投入天空的火塘
烧熟的夕阳
被高山仰首吞下
石头放弃飞翔的野心
来到众山之巅自立为王
在夜郎国的山上
秋风吹过，逼我交出
多余的年轻
其实，我没有更多的绿
也不想长成参天的树
我只想做个牧羊人
做个攀爬天空的失败者
被手里的牧鞭，驱赶着
走进黄昏

大路若道

河流是水的路，水是鱼的路
鱼是鳞的路，鳞是刀片的路，刀片是光的路
光是尘埃的路，尘埃是天空的路
天空是风霜雨雪的路，是日月星辰的路
是雷鸣电闪的路。大路若道
道成肉身，肉身是生的路
生是死的路。死是我的路
也是你的路

癸巳年冬，从昭通回镇雄

1
白桦林扔掉最后一片叶子
光溜溜地站在路边，像一些手
一些绝望的手，伸向高空
把这个冬天最冷的部分
攥在手心

2
乌鸦蹲在枝头，我惊讶于这堆
树上的小坟茔。如果气温持续下降
如果它还不飞走，它真的会凝固
灵魂落下来时，比一片雪花还要轻

3
瀑布不是懒惰的水，它是天上赶路的河流
累了，就靠在悬崖边，换一种姿势流淌
过了凌子口，就进入大峡谷
两边峭壁上，到处挂着这样的瀑布

4
从没去过。要抬头才能看见
山坡上的大关县，一座孤城
有一年夜间，我打山脚路过
看见它的万家灯火，误认为
头顶隐匿着一个星星的部落

5

喜欢豆沙镇。
与僰人悬棺没关系
我讨厌那些死后，还高高在上的魂魄
与古今五路没关系
我是一条道走到黑的人
与唐代袁滋摩崖没关系
想不朽，不能仅靠一块石头
与天然回音壁没关系
我想喊的人，已经远去
与观音阁没关系
谁稀罕，需要下跪才能获得的慈悲
喜欢豆沙镇。其实很简单
因为，在这里
我是一个陌生人

6

摆渡者走了。旧船搁在江边
到了彼岸的人，想返回
影子沉入水中，像一枚纽扣
锁不住流淌的白水江

7

过了盐津县的柿子坝
过了彝良县的牛街镇
就到了我的镇雄县
雾敛澄山，桔树掩映

小路从山上下来，延到水边
像根鱼线，试图
钓起一条大江

中国好诗

山冈诗稿

第三辑

寻魂

寻魂

阿铁　男　二十一岁
一九九五年农历七月十四日
于四川西昌打工
溺水而死　十多年来
魂散远方　尸骨未还
离开故乡时
身着的确良短袖
旧牛仔裤　破解放鞋
身高一百七十厘米　面黄肌瘦
尖下巴　爱笑　操镇雄方言
但凡死去的亲朋好友
请在阴曹地府帮忙寻找
若遇之　望转告
他的母亲
现在老了

丧钟将我吵醒

清晨的丧钟将我吵醒
我能确定，有人忘了睁开眼睛
送葬者穿过南大街
赶在交通拥堵前，把死者抬出城
生前，他一定是个贪吃的人
像一枚鞭炮，吞下光阴的火焰
终于把自己撑爆

再过一小时，城市就会复活
招聘海报、租赁信息、寻人启事等
将会覆盖大街小巷里的讣告
覆盖小人物离开后留下的空白
熙来攘往的人群中，没有谁会察觉
城外荒郊，因刚埋下一人
而变得生机盎然

二哥

火车开走后，你瘫在一堆杂物中
蘸着汗水给我和父亲写信。那时
你是一个装卸工，每天都在
搬运自己的命

摩托车才停下，又开走
你像一截绷直的链条
在生活的齿轮上旋转出
濒临断裂的声音。那时
城里人称你为摩的师傅

海园庄的立交桥下
你曾孤独地站着，像半截木桩
对着秋风致敬，周围尘土飞扬
那时，你是一个保安
正为你嗷嗷待哺的孩子值班
我看见过你，但没有喊

在马街，你舔刀口上的血，咸
其实，刀口也在舔你，苦
淡看江湖，走回头路
那时，你无所事事
像一个空心的人，到处
寻找自己的心

很多次，我到昆明
没有去你家，径直到翠湖边
找朋友喝酒。醉了后
就在午夜的翠湖北路上
东倒西歪。那时
你总会适时出现，扶住我
小声说：把路走正

父亲如是说

年轻的都不在
村里就剩些老弱病残
不论远亲近邻
只要有个红白喜事
都应该上前搭个帮手
你兄弟俩长年不在家
即便老了，我也要扛着
今后，我若去了
哪怕看望，也要有人
帮忙站上跟前

玉案山中，向守墓人问路

无边草木，只用来藏身
他神情陶醉，自顾自
弹拨怀中的琵琶。夹杂风吹
周围的桉树，不时掉下
落叶与树皮。玉案山的墓碑
似乎听懂了什么，也变得
更加整齐。自始至终
他双目微闭，对我的话
不问，也不答。只是
在我离开后，他使劲拨出
弦外之音，这让我觉得
向一个守墓的人问路
真是多此一举

哥

哥，那年你少小离家
我蒙头大睡，没送你
若泉下有知，莫介意

哥，他们用纸包住火
你死后，走漏的风声
杀伤蒙在鼓里的家人

哥，妈妈边哭边骂你
骂声扯出血迹，有时
泪水洇湿颤抖的嘴唇

哥，曾经爱过你的人
早为人妻，触犯刑法
囿于远方，她说想你

哥，老房子已成废墟
若回来，竹林边有路
故园沧桑，人心荒芜

给母亲打电话

家里电话坏了
她对着话筒
竭力喊我或者二哥的名字
她听不到我的声音
我能听出她的恐慌与焦虑

一定是被十年前
大儿子的死吓坏了
与父亲在那端嘀咕
是老二还是老三
那声音，暴露出她的
无助，胆怯与脆弱

多么卑微的一对老夫妇啊
这些年，提心吊胆地活着
像惊弓之鸟，总在电话铃声中
挣裂伤口

病父记

你说毬事没有，我说不可小觑
你说没做亏心事，我说与生病无关
你说从不打针，我说这次例外
你说祖上无病，我说并非遗传
你说看病花钱，我说花钱看病
你说休息就好，我说好再休息
直到医生告诉我
你身患绝症，体内豢养的鬼
它命令你去死时，我的心
才像一架制造痛苦的机器
没日没夜地运转着
这些天，我真的很无助
大悲无泪，大哭无声
你喊疼的时候我正喊拳
你吐血的时候我正吐酒
你呻吟的时候我正K歌
你想我的时候我正想你
其实啊父亲，因为你
我也身患不治之症

父亲的外套

这些重叠的补丁，二十多年了
总焊在父亲的皮肉和篾箩之间
磨通之后又被再次缝补上
前几天，我从它破烂的布层里
抠出几粒干瘪的豆芽
摊在手心时
真像我死去的亲人
在田野里睡着的样子，难道
要在它芽尖抹上我的血
才可以救活下一个春天
难道，要我穿上这件外套
你才能认出
我是一个农民的儿子

祭父稿

他倒下了，像一根麦秸被疾风折断
病魔吸干他的脂肪，剩下一堆骨头
葬于南山之下。壬辰年正月十二卯时
我父寿终于家，一生劳苦换得黄土一抔
人间已荒芜，只有天空更适合耕耘
他死前感叹，哪里好耍都没有人间好耍
越是接近死，就越是眷恋生
疼痛中，他咬牙切齿，说命运不公
黄泉路上一定要与阎王对薄公堂
腹胀如鼓，饿不敢食，渴不能饮
站无力，坐无劲，赖床三月，骤减七十斤
兄妹四人，偎其身旁
痛在他身，伤在我心。无奈
只能掩面痛泣，捉衣拭泪
自他走出云大医院，我便穿街走巷
寻医问药，只为能买回一剂杜冷丁
替他吞下整个高原抱病的夜晚
那些天，我惶惶不可终日
带着内心的死结，出入各种酒馆
现在，他俯身入泥，像一粒种子
被植入三尺黄土，或许
我就是他茁壮而成的春天
命苦啊，生于壬辰年冬月初一卯时
壬辰生，壬辰死，从卯时中来，到卯时中去

童年正赶上三年饥荒，就连梦也是黄皮寡瘦的
少年跟随我爷四处奔波，没少忍冻挨饿
十八岁成家，自此便在生活的荒原中跋涉
拆东补西，拉扯长大三儿两女
八〇年土地下放，日出而作日入而息
在官抵坎，每一寸土中都浸着他身上滚落的汗
作为回馈，土地允许他化作一粒尘埃
八八年，他在山中挖矿，十年时间
一锄一锄地把洞中的黑暗扩宽
他说，从深邃的洞中看外面
生活穷得就只剩一束光了
九八年，我负笈异乡，他追着班车跑完一条街
嘱我珍惜身体。好人命不长啊
本可安享晚年，却遭受了一场命运的屠杀
二〇〇八年，土地的奴仆，抽身走进城市的灯火
游抚仙湖、西游洞，登龙门、看西山
回到故乡，远方便成了他炫耀的谈资
可谁知晓，他的每一步都是诀别
最后，他无法忍受恶疾的摧残
央求我母亲给他来个痛快，我知道
他这一生，疼痛漫无边际
比如早年丧弟，中年丧子，晚年丧母
如果，文字是灵魂的刀疤，我要用多大的篇章
才能数清他纵横交错的伤痕
端公立于灵柩前，口诵《佛门十二妙经》
拜诸神，为我父超度亡魂
壬辰年正月二十午时，阴阳相见，最后一面

呜呼！“一在天之涯，一在地之角
生而影不与吾形相依，死而魂不与吾梦相接”
各位亲朋好友，不要追问我的出身
我已再三强调：旷野之中
那根卑贱的骨头
是我的父亲

遗像制作

死得很干净，仅一张半寸照
也无从找到。身份证是多余的
可以剪下头像，通过扫描仪传递到
电脑。死者的头颅，重新在
photoshop 中抬起，睁大眼睛
记住人间之痛。再转世
将会更加谨慎
放大。皱纹长在二十一英寸的屏幕上
像一块玻璃中暗藏的裂痕
擦掉翘起的头发
露出额上的荒凉
眼角的沧桑。他看起来
死去比活着还要年轻
去背景。清除黑色的网
魂就自由了
换成白底，换成天堂的颜色
在第二颗纽扣正下方
敲出四个字：慈父遗像。
仿宋三号，黑体加粗
像四只仙鹤驮着他，飞到云上
调色。补光。一条道走到黑，始见天日
在日益逼仄的尘世，找到属于自己的
一张 A3 铜版纸，可以装下半亩方塘
一缕炊烟，以及生的泪水和死的叹息

打印。装框。将血肉之躯
压成一张纸片，一个人的音容笑貌
被套进另一座牢，慢慢褪色
直到相框里的影像消失后
墙上挂着的，其实
仅只是一张白纸

一封信

阿九
春节刚过
你走后
我父亲就死了
像大海中修行的水泡
还未成仙
就先破灭
阿九，兄弟
这个村庄日益荒凉
但我还是会
独坐于斯
等你回来
可是，狗日的阿九
你得告诉我
要等回我父亲
耗尽一生
够吗

堆父亲

流水的骨骼，雨的肉身
整个冬天，我都在
照着父亲生前的样子
堆一个雪人
堆他的心，堆他的肝
堆他融化之前苦不堪言的一生
如果，我能堆出他的
卑贱、胆怯，以及命中的劫数
我的父亲，他就能复活
并会伸出残损的手
归还我淌过的泪水
但是，我已经没有力气
再痛一回。我怕看见
大风吹散他时
天空中飘着红色的雪

数人

从我这里，往上浮动四代
按辈份排列分别是
正、大、光、明、廷
一次，在老祖宗的坟前
我的伯父喝醉了，对我说
正字辈、大字辈和光字辈
已全部死光，明字辈的
你的父亲王明祥、大伯王明德
斑竹林长房家叔伯王明武
以及幺叔王明富都走了
还剩下我几个老不死的
泥巴已堆齐颈子
我的伯父，伸出左手
点着一个死去的人
就倒下一个指头，似乎
要把自己手上的骨头
一根一根地掰断
数到我们廷字辈时
他刚倒下一个指头
我就感到毛骨悚然

壬辰年九月九日登山有感

长大后，我就不停地攀爬
从老家的鸡啄山到镇雄最高的噶么大山
从乌蒙山到云南有名的哀牢山
甚至是众神居住的高黎贡山
一次又一次，多么令人失望
我所到达的山巅，天空灰暗
其实，爬了那么多的山
流了那么多的汗，我只想找到
小时候，父亲把我举过头
我看到的那种蓝
那种天空的蓝

死亡之树

很多次，它爬上窗台
在我的梦中盛开着黑色的花
穿过林阴，我看见每个人的头上
都戴着这样的花，美得让人心疼
在我家的院子里，有这样一棵树
果子缀满枝头，每一颗都有自己的名字
比如爷爷、奶奶、爸爸、叔叔、哥哥
将来还会有一颗叫王单单
死亡是一棵树，结满我的亲人
这些年，只要风一刮过
总能生出几颗

母亲的孤独

家里电话无人接听
或许，她正扛着锄头出门
费了很大的劲，才把身子移出
长满荆棘的篱笆，独自走向
一片旷野，那里
杂草死而复生

过了很久，还是没人接听
或许，她刚回到家
钥匙放在伸手可及的地方
像往常一样，刚进屋
就给墙上的遗像讲述
瓜秧的长势，或者玉米成活的情况

她根本不知道，出门这段时间
遗像里的人，内心着急，试了很多次
都没能走出相框，接听儿子
从远方打回家的电话

母亲走后

下过几场大雨，冲走瓦上的落叶
房顶上重新附上一层青苔
阳光扫过屋檐，燕子
飞去又飞回

门窗钉死，确保没人能够
轻易进入我们的家，确保两代人的回忆
都在原处

半截火管，一炉冷灰，两把钥匙
电表里的度数，被子上的余温
以及残留在烟囱里的炊烟
点数给堂哥，帮忙看管

窗帘放到最低，蜘蛛网疏而不漏
旧时光的禁闭，不见天日
沙发就不移动了，没人坐
可以交给老鼠打洞，做窝，生儿育女
两头猪、五只正在下蛋的母鸡
送给穷亲戚，强行拖上车时，它们的
尖叫，比哭声更让人揪心

堂屋里，“天地君亲师位”已褪色
左上角脱落，盖住祖宗神灵的脸

对着磕三个头，似乎还说到
不孝、清明、上坟之类的词

我也要走了。下跪的地方已经荒芜
前脚刚离开，敞坝里的杂草就追上后脚
有的都快翻过门槛了。

顺平叔叔之死

过早地闭眼了，孩子们也没怎么哭
像上帝的鞋底抖落一粒沙
滚过官抵坎时，被一阵风揉进我眼里
顺平叔叔的病很深，要去大医院打开身体
像撬开一个阴暗的仓库，把里面那粒
发霉的谷子摘除。顺平叔叔忌医
他说开膛破肚后，心，会被城里人换走
穷，碰哪里都能出血。他日子苦，我们姑且当真
我曾经回家，见他躺在村口草堆上烤太阳
翻来覆去地烤着。忠实的奴仆，
把自己当成魔鬼的面包
他撑起骨架，指着一棵泡桐对我说
“我三十年前栽下的树，现在可做一副棺材了”
那天夜里，我梦见泡桐花落了一地
后来，听说村里人把他从县城医院抬回来
黑夜深不可藏，尸体放在田野三天三夜
顺平叔叔死了，死得远远的，有家也不能回
时隔多年，我又回到官抵坎
看见那棵被砍去的泡桐根部
又生长出几棵小小的泡桐

母亲的晚年

她正竭力寻找，希望有一个地方适合自己
继续呆在官抵坎，用余生守住我父亲的坟
但这不等于，在雷鸣电闪的夜晚，她能入睡
在恶梦中惊醒时，能找到人倾诉。也不等于
孩子们走远了，她就不牵挂，伤风感冒时
能有人守在枕边，为她倒水，喂药

实在没有办法，才跟随打工的儿子
寄居昆明。但这不等于，她抱走父亲的遗像
就能放下故乡，也不等于
整天被关在出租屋里看电视，就能幸福

终于熬不住了。她强烈要求，还是回到官抵坎
回到她耗尽一生，喂鸡养猪的地方
继续在房前屋后，捣腾一些姜葱蒜苗
时光流过，任凭自己一老再老

行不通。她病倒了，村里人给我打来电话
带去医院，肚子上开一刀。记得那天
我一直哭，直到她气若游丝地，
在手术台上醒来
这次，说什么也不让她独自生活了
还是带她去昆明，还是让她带着父亲的遗像
但这不等于，她能比上一次幸福

还是整天看电视，或者去窗口站一站
沉默，打瞌睡，醒来就弯着头
撕手上的老茧，数掌心的裂纹

终于，熬不住的是我。心一狠
应允她回到官抵坎。即使，那里依然
会打雷，她依然会怕，依然
会做恶梦，依然会偶感风寒
但至少，她不会整天沉默寡言
也不会总是弯着头
撕手上的老茧，或者
数掌心的裂纹

自白书
——在父亲墓前

三个月前，独自置身黑夜
在一首老歌中伏案痛哭
我以为，把你蒙在鼓里
就能拖延死亡的步伐
可当真相逼近现实
我还是决定，坦然面对

阴阳相隔近百日
如今，坟冢已完工
没有遵照你生前说的：
刨个坑，盖几撮泥巴即可
它位于滇黔交界地，大气象
甚于你生前住过的任何居所

正值春耕，我刚刚环顾四野
已看不到你的影子
小院子、下长沟、大沟边
庙嘴，这些土地，成块的
送给有劳力者，其余大多闲置
蔓草丛生，沦为荒野

房前屋后，母亲种些蒜苗
她需要翻耕泥土，填补人生

最后的空白。可怜的女人
似乎还没回过神来
时常独坐屋檐下
发呆，或者打盹

至于我，仍然在故乡流浪
在母语中修行，沉醉不知归路
唉，昼夜更替，时光像一条
斑马线，通向死亡
你高坐云端，看我负重人间
一步，一步，走向你

冬夜，一匹马死在城市的街口

进城之前，没想到会暴尸街头
四脚朝天，与大地背道而驰
黑夜超载，冬天刚运走一半
尸体，像一个零下二度的包裹
天堂邮编出错，被退回人间
一匹现实主义的马，与古道西风
无关，驮着一个农民沉重的梦
就算日行千里，那它要多久
才能走到想去的地方。黑夜压下来
主人站在街边，霓虹撕毁
他脸上的云，拍拍鼓起的马腹
嘴里紧憋着一个词，像被迫
送别一个永远不回家的兄弟
此时，似乎有把刀子在我的身上
钻孔，我宁愿被钻成一只箫
在它走远之前，被寒风
最后一次吹响

事件：溺水

苦海无边，回头不是岸
溺水的孩子，踩着云朵
天空端不住他的身体，浮起来
又沉下去。他把水下浸泡的死
捞给岸上的人看。母亲
把儿子的尸体扔进草堆中
从围观的人群中窜出来
拼了命要下水去，抢回儿子
未曾走远的体温和呼吸

120 警报声在水边响起时
老汪正和朋友们在对岸斗地主
平静地扭头看了一眼，说
刚刚都还好好的嘛
然后，随手扔出一只小鬼

某某镇

灌木丛向着城市中心生长，越过铁轨
就可能拦下一辆开往外省的火车，把满山的荒芜
卸在昆明的东郊。某某镇，我的堂哥曾寄居在这里
两间红砖黑瓦的房屋，门口一条污水横流的小巷
人力车经过窗台，在黑夜中寻找到第二条出路
某某镇，我是晚上到达的，第二天早晨便离开
灯光灰暗，堂嫂的背后躲着三个小孩，其中一个
是她妹妹，八岁，笑嘻嘻，喊我一声哥哥就赶紧跑开
十年过去了。某某镇，并非我刻意隐藏晦暗的时光
我真的忘记了这个小地名。昨晚
堂嫂打来电话，说妹妹不在了。妹妹？谁的妹妹？
她必须说起二00三年的某某镇，说起铁轨旁的小房子
说起深邃的巷子，说起老鼠梭干净的泥墙根
说起吸毒者的天堂
说起她们家老四，脸红嘟嘟的那个
一步一步，竭力让我回忆起死去的人。某某镇
我还是会悲伤，真的。我还是会悲伤
在某某镇，曾有个陌生女孩，生下来
叫了我一声哥哥，然后就消逝。

信仰

阿婆躺在病床上
失败的女娲，终于
输给泥巴捏成的命
素食三十年，营养不良
伤口难以愈合
像一只书虫
趴在她的身上
啃噬肉做的经书

医生要求立即输血
阿婆坚决反对
她要干净地死去
绝不接受任何一个
血液洗过刀锋的人
并警告儿子
死后三小时内，不准
灵魂油腻者靠近
自己的躯体

病

即使治好，也时日无多
现在回家，可保一口体面的棺材
如果把仅有的积蓄花光了，穷的
可都是你的子孙

二号病房里
新来的老人七十多岁
三个儿媳围在身边
神色紧张，你一言我一语
劝她放弃治疗。
老人一直沉默，走出病房时
目光扫过每一个人

其实，她只有病还活着
心，早已死去

朋友们向我咨询癌症的事

朋友们向我咨询癌症的事
朋友们可能搞错了。我不是医生
一次疼痛，到底要重复几回
朋友们向我咨询癌症的事

我只能说，尽最大努力
让他吃一生不曾吃过的美味
尽量表现得温和、孝顺，让他放心
把独自活在世间的人交给你

然后侧过身，流干眼泪
再去握他的手，陪他说话
叮嘱他返回时，记住你眉心的痣
记住这个命途多舛的家

如果离家远的，要赶紧回
没有棺材的，提前准备
上帝把他当成一杯橙汁，滋一声
杯子就只剩下极有可能的破碎

朋友们向我咨询癌症的事
朋友们可能搞错了
真正死去的人，是我的父亲
朋友们向我咨询癌症的事

守灵夜

死亡宽恕了你。野外的寂静
将覆盖生前的卑贱与疾苦
我的祖母，寒风刚刚卷过窗台
在团聚的日子，你选择离开
去吧，这是早春，适合重生

时维甲午年正月十五凌晨
中到大雪，零下一度
气温持续下降
祖母啊，我真有点担心
你升天时，魂会卡在空中

悲伤之诗

雾岚低垂，藏起山的高度
为了方便谁，天空刻意低下来

隔着山沟，一树梨花
白如素缟，拼命纠缠我的眼睛

寨子冷清，风吹《安魂曲》
给外婆的歌，她一生从没听过

大路朝天，通向悲伤透明的地方
母亲跪在灵堂前，低头便是泪水

下河湾空荡荡的，有回声
一个人哭，就像一堆人在哭

实在挺不住，就来谷底
在静静的河上，扔一枚石子

姐姐

许多姐姐放下镰刀和针线
一夜灌浆成饱蘸的籽粒
许多姐姐走出村口时
月明星稀，蛙声一片
许多姐姐乘上火车那天
家乡的少年悄悄长大了
许多姐姐流落在四川、浙江、安徽……
许多姐姐带着伤痕替人生儿育女
许多姐姐用贞操夹紧硬币
在灯红酒绿中隐姓埋名
许多姐姐离开车间主任的卧室后
至今下落不明
许多姐姐从远方回来痛哭一场
无奈又痛哭着去到远方

老房子

里面堆满麦草。草中
躺着一头牛，有时也躺着我
迁新居后，老房子就一直空着
楼板上摆放着奶奶的棺椁
她逝世那天，我进去过

前些年，孩子们在墙根下玩火
烧掉老房子，留下我童年画的鸟
呆在墙上，似乎想啄食
墙缝里长出的麦苗

最近回家，路过老房子
风吹残壁，沙石滚落
像死去的亲人，被埋进泥土
仍然没有停止老去

乡村歌手

每次，才张嘴
别人就夺过他的歌声。
无奈，他只好用袖子抹过碗口
将二两劣酒仰首饮尽。
他必须扼住脖子
使出近乎掐死自己的力气
才能发出一种，令周围
捧腹大笑的声音。
他青筋毕现，走出人群
孩子们跟在身后，效仿
母亲的呵斥，让我知道
咱们村，这并非受欢迎的人。
他死乞白赖地活着，几个
穷汉的绰号，用他命名。
据说他曾有过短暂的婚姻
他常在腰间别一支箫
他说里面关着一口气
就像囚着那个失踪的婊子
他还说，只要用力吹
就能听到她，回家时
忏悔的哭声。

祥林嫂外传

你儿子没回家过年
你儿子在外面发了
你儿子是溺水死的
你儿子掉在工地上时
像一块土在墙上脱落
被煤块砸死在井下
被传销害死的吧
给东北人看场子当了替死鬼
进了黑厂　自杀讨薪

人们常问及厄运的真相
让死去的人再死一回
每一次，她都一本正经回答着
把心交给这些暗藏刀锋的人
直到疼痛时，她才跑回家
用泪水一遍又一遍地
洗去伤口上的盐

镜中

霓虹灯在镜中
广告灯箱在镜中
牛肉火锅店在镜中
理发店在镜中
澡堂在镜中
服装店在镜中
摩登女郎在镜中
车水马龙在镜中
即将到来的冬天在镜中
黑夜，也在镜中
缩成一块暗斑
笼罩着身后的城市
一个乞丐，神情专注
站在街中间照镜子
我想，他是否在思考
怎样阻止镜中的自己走到镜外
或者，如何进入镜中
不撞破玻璃
也不划伤自己

风水先生

山跑，他也在跑
风水先生在大地的骨架上
寻找富贵的真身。内心的罗盘
指向天边，登高望远
云中藏着风水宝地
喜极而泣，他用拄杖
在泥土中作记号
他坚信，死后葬于此，
可荫庇万世子孙
远离穷，远离躬耕和布衣
风水先生到死也不知道
一座坟，就是一枚炮弹
人刚出生，就被它瞄准

夜娃子

在荒郊野外，常有夜娃子凄凉的叫声
有人说，那是猫头鹰
有人说，那是白鹤
有人说，那是乌鸦的孩子
也有人说，那是死去的人们变成的鬼
在命运的转折点上练习悲剧的发音
我不怕鬼，可这些年
已被一些突如其来的噩耗吓破胆了
今夜，暮色沉沉
我独自住在海拔二千八百多米的山顶上
高高的楼层，孤灯一盏
窗外传来夜娃子的悲嚎，俗语云：
一娃雨，二娃晴，三娃四娃要死人
我慌忙拿出电话，试探每一个亲人的声音

堂嫂

连生两胎，都是女孩
第三胎，还是
送给不育不孕的妹妹
七岁了，每次见亲妈
都叫姨妈，每叫一次
堂嫂的心，就会裂开一回

第四胎还是，只能堕胎
第五胎还是，也只能堕胎
第六胎，第六胎呀
她在绝望中苦苦等待的男婴
终于来了，妇产科医生
切开堂嫂的肚子
伤口，像一条蹭开的门缝

孩子出来后，大哭
堂嫂也跟着哭
产后八个月，堂嫂回老家
做结扎手术
肚子下又划开一条伤口
像半截被堵死的路

好几次，我问堂嫂
两条刀疤是平行的吗

还是交叉成十字
她笑着说，胆子小
一直不敢低头
看自己的腹部

赵小姐

围坐炉火，姐妹们陪你
听悲情歌剧，忍不住
眼泪流下来，你揩掉
笑着，不承认自己哭过
赵小姐，那年冬天
冰冻三尺，你家窗子上的玻璃
一块一块地裂开

结婚两年，丈夫病死家中
膝下一子，葬礼上
哭闹着要把头上的孝帕扯下来
赵小姐，那天你哭得天崩地裂
我躲在树林里摘松果
每一颗都是苦的

弟承兄嫂，为了
躲过戳向脊背的手指
多年来，他带你走南闯北
赵小姐，听说你患上抑郁症
死去的人，在你的心里
喊活人的魂

十五年不见，还能认出来
赵小姐，嬉闹的人群中

你目光呆滞，沉默不语
就像面对命运的践踏与凌辱
束手无策

401 号病房

1
单行道，禁止掉头
通往 401 的路
谁也不敢违规，似乎罚单上
被扣走的，是自己的命。
旁边电杆上，挂满广告牌
许多电话号码挤在一起——
遗体运送找吴师
城内一百元，出城两百元
夜间多加五十

2
来过两次。第一次陪父亲
他来了，再也没有回去
第二次陪母亲，她醒后
满脸疲惫，伸手摸我脸上的泪水
父亲住 402，母亲住 401
阴阳之间，或许
隔着一堵墙壁

3
夜深人静。
听着母亲的微鼾
到窗台边吹吹风

玻璃上有条裂缝，透过它
能看到天空的硬伤
能看到星星一闪一闪地疼

4
有张空床。太困了
想躺上去
但内心总在追问
之前的人去了哪里
我这样睡上去
会不会压着谁的魂

5
“尹华，给我寄点钱嘛
早晚吐血，估计活不长了
尹华，住院费两千
我还想试试
尹华，你听得见吗
我不想死，尹华……”
空荡荡的走廊，老头
流着泪，他告诉我
尹华是他儿子

6
2 号床的小女孩
四岁，来自贵州
她负责生病

母亲负责疼
她父亲在浙江，两天了
还在赶来的路上

7
夤夜时
对面病房传来哭声
紧接着传来急促的脚步声
紧接着传来医生的喊叫声
“邓申帮抬出去，把刘成贵抬进来”

8
我始终认为
戴着口罩的医生
也有杀人的经验
刀子薄如叶片，放在唇边
可以吹出死亡的声音

9
去楼下抽支烟
街上无人
月光照着城边上的建筑
像覆盖着洁白的床单
世界是一间宽阔的病房

第四辑

祈祷

赵家沟纪事

没有事先约定，大家就死在一起
躬身泥土，一个魂喊另一个魂
声音稍大，就把对方吹到石头的背面
最后咽气的人，负责关闭天空的后门
让云彩擦过的蓝，成为今生最后的重
压在头顶。山体滑坡，孩子们
在泥土中喊母亲，她的心口不会再疼
赵家沟的月亮，也不会醒。走得急
刨出的父亲，没能把手里的种子
扔给偷生的人，脸朝黄土背朝天
这次，他们真的做到了
天作孽，不可恕啊
要在山顶上，砌四十六座坟
还原一个只有鬼居住的村庄
我不是赵家沟的人，但是
赵家沟的山，真的埋过我的心

祈祷

终于知道害怕了，敬畏之心
让我学会祈祷。我祈祷
牛栏江的水，能绕道的就绕道
不能绕的，返回天空去
做一朵奔丧的云；我祈祷
龙头山中聚石为徒，听《涅槃经》
懂得什么是佛性；我祈祷
草木有魂，像生长在别处
不要再因恐惧而颤抖；我祈祷
风吹大地，轻一点
不要翻出白银和骨头；我祈祷
打雷不出声，闪电憋住光
雨滴像泪珠一样晶莹
我祈祷，死去的人
重建村庄，仍然做乡亲
生时有仇的，这次
要重归于好。终于知道害怕了
落日裂变成天空的废墟
里面伸出一只
呼救的手

地震之夜

倒立一个空酒瓶
在床边，为睡眠放哨
地震时，它需要粉碎自己
让我惊醒，让我死里逃生
我真的很怕在黑夜里
死得不明不白，我真的很怕
一觉醒来，发现自己
已经死去

三个人

一个发誓，要成为
月光清白的倒影。后来
浪花真的开了。死亡
像一枚伤心的贝壳
紧紧咬住牛栏江上的寂静

一个身在异乡，逃过一劫
神叨叨地，逢人便说
地震那天，我的筷子
无缘无故断掉一支

另一个常被人们谈起
背土埋父老乡亲
数错几次，他把自己算上了

小学校

秋天，夕阳剥下黄昏的皮子
晾晒在故乡的屋檐上。小学校
杂草丛生，乱瓦间流金碎淌

旧木窗，一张歪扭的嘴
含着一平米天空，我逃出它
像半截骨头被吐在秋天的原野里
我的父亲，将我再次扔回小学校的胃里
被时代的胃酸腐蚀成一介书生

二十年了，小学校已不复存在
屋基里长出一片翠绿的玉米林
某个夜晚，我路过她
月光下，风吹玉米林
像孩子们的读书声

一个老人

阳光照在街上，行人匆匆
她踽踽独行，缓缓挪动目光
走走停停，盯着路人一一辨认
绿灯刚亮，她试图穿过十字路口
才到中途，红灯又亮了
很无助，她僵着进退两难
惹得满街的引擎轰鸣刺耳
她一阵惊慌，几近跌倒
搬进城三年，子女再三叮嘱
外面混乱，不要出门
可她还是想出去走走
看看能否在城市的人流中
找到一两张老家的面孔
陪她拉拉家常，叙叙旧

申请书

六十多岁的刘长贵
一瘸一拐地走来，把乡间小道
当成琴键，魔鬼的音符从骨髓深处
涌灌而出。头发脏乱，满脸胡茬
刘长贵像个稻草人插在我身边
欲言又止，颤巍巍递过来一张纸
几个病句，歪歪扭扭地倒着
大致意思是：
家贫，无以葬妻
特申请砍树，打口棺材。

洗城

把一座城市，放在
高压水枪下，像地毯一样冲洗
洗去星光上的灰尘，月色中的污垢
洗去卑贱者的汗臭，喉咙里的雷霆
以及他们摸爬滚打过的痕迹
洗去生活的真相，泪水的颤抖
洗干净通天的路上染上黄金的翅膀
其实，如果没有洗干净
腐烂的欲望和握住黑暗的手
没有谁能真正洗干净一座城

我爱你

像一块铁，被锈屑敷上
我真的需要一次锻炼，用你的火焰
削去我的贫穷与自卑
让我在你的泪水中淬火
磨掉自负与清高，我真的需要向你低头
我真的需要在你面前弯曲
最好是首尾相连，最好是弯成一个圆圈
像一枚戒指戴在你的手上
十指连心，我要第一个分享你的幸福
我更要第一个感受你的痛苦

两个人的交响乐

咔嚓声来自东边，梧桐断了
哗啦啦，后院玉米林在倒伏
咣当，李朝芬家阳台上掉下一口锅

“赶紧出来”，有人这样吼
刘二哥的声音，草房被大风揭顶

雨打着窗外的南瓜，打着瓦
檐沟里石头在滚动

北边青蛙最卖劲，鼓着囊
测量河岸上的寂静。伴着雷声

火闪照亮乡村小屋
照亮我们刚刚做到一半的爱

亲爱的，窗外交响着那么多声音
如果这个夜晚要美
还需要你大胆喊出来

焚书诗

并非多喝了两盅。焚书煮酒
《道德经》中，有他的牢
仁义反缚，忠孝封口，逼急了
心会绷破肉身，抽刀砍大江
他知道，浑浊的流水最自由

残书破简，《厚黑学》未成灰烬
留下碎屑拼凑成生活的断章
他站在一个页码的边上，命令
自己翻到风清月白，天高云淡处

《货币论》也要烧去，廉价的青春
剩余的泪水，能够提炼黄金
能够炼制成一副假肢
撑着他走完这荒凉的人世

烧———
《本草纲目》也要烧
失眠症是黑夜的裂缝
没有一剂药可以做成补丁

再烧一本弗洛伊德
《梦的解析》就能让酒水沸腾
他的梦就能留下半截
卡在睡眠之外

醒来

无边寂静，湿漉漉的
像一块摊开的纱布
粘着几粒鸟鸣。山间清晨
我是梦中往外跳伞[①]的人
落在草尖上，比微风柔软
比露珠轻盈。帐篷上
小小的光斑，那是窗口
在吞噬着外面宽阔的黎明
我在怀疑，黑暗是否来过
而此时，天真的亮了

①引自托马斯·特朗斯特罗姆的诗

一直走

一直走。父亲发怒时
曾对我大吼：
“人牵不走，鬼牵乱转”
是的，我在内心养鬼
它命令我，一直走。
我南辕北辙，我分道扬镳
甚至反其道而行
我就是不停下来
比如，你们相拥而聚
我却起身告别。在陌生之地
对着女房东说酒话：
“我要的房间，拉开窗帘
就能看见大海的汪洋”
一直走，或许
这有点不可理喻
可我真想试试，某一天
能否在出发的地方
撞见归来的自己。

无题

稗草枯黄，畎亩之中
坟冢又长高了。像我的髭须间
日渐显露的一粒痘子
黑色的痂皮下，埋着血
三年来，每次到他坟前
我都想揭开这块伤疤
将里面睡着的人
带回家

乌鸦

就像我的哭声，把夜晚锯成两片
属于我的那片黑多么空旷
我真的不是你所说的乌鸦
我的黑并非为了涂抹天空
我只是想向你证明
有些光，需要黑才可以擦亮
有些爱，需要痛才让人难忘

穿越剧

江水漂走两岸猿声，轻舟
绕过隔世的梦魇。万重山后
不见归期。此去经年
我揽镜照明月，水中白发生。
你坐歌桥头起，抱琵琶垂泪。
潮平两岸阔，一条青渊，且把
咫尺换做天涯。波涛跌宕，暗度悲伤
一曲吹散的江湖，老了红颜
不见鸿雁传书，空留江上数峰青
将一个人的名字，喊成回音

井

村妇们蹲在井边
舀来清水，反复搓洗着亢奋中
抓紧被单时留下的指纹
直见大红鸳鸯浮出水面
才从水中捞出云朵和幸福
晾晒在周围的灌木丛上
她们映在水中
像莲花抻出水面
清风微拂，就能闻到井水的香
你浇我一脸，我洒你一胸
说起张家长李家短
笑声就在嘴边荡漾
直到一块星空坠入井中
才在男人摸黑上床时
交出水里的月亮
这是多年前故乡一景
现在，那口井已干枯
黑糊糊的，像一个弹孔

手套

牵马的人突然惊觉
手套丢了。我承诺
会给他买新的

牵马的人仍想返回
他确定，手套就在路上
牵马的人逢人便问
你可看见我的手套

牵马的人总觉得
在某处，那只手套
正自己使劲，去捉
一粒沙子

致童年朋友

莫里哀爬上火车
带着大女儿，回到故乡。她天生
左眼失明，上帝给她一半光明
剩下的黑暗，交给风声与耳鸣
十年不见，弗兰西斯·培根做了官
微信上传言，他上司涉嫌严重违纪
头发一抓就掉一把。塞万提斯仍然是个光棍
骑着国产自行车，穿行在昆明的城中村
月薪三千元，压着女人的唇印与呻吟。
布考斯基进去了，这个杂种
最后关头把妻子供出来
一公斤海洛因，可让他人头落地。
真是见鬼，去年我在村西口
看到巴尔扎克，带着他拥有城市户口的女人
依然那么严肃，那么若有所思
就像小时候，他一边放牛
一边默读唐诗三百首的傻样
童年朋友啊，你们知道吗
后来我写无用之诗，学会独自喝酒
醉了就给你们每人取一个
大师的名字

九月布鲁斯

九月我出了趟远门
路过午夜的天桥，流浪汉
翻过身，报纸就露出
当天的头条，亲爱的
又有人走丢了

周末小东画肖像
他说我老去的样子，像我们
死去的父亲。我一直
憋着，亲爱的
我已说过不哭了

重阳我想去登高
但我不知道，哪里才算高
终日闭门，抄《心经》
怀故人，亲爱的
我还想给自己写封信

某个晚上我倒在山下
又喝多了，还有一个酒鬼
陪着我，他说无牵无挂
亲爱的，他说
他也没想要多活

雕刻长沙

在一粒沙中雕刻一座城
黑夜的小，刚好盖住一米蓝天
雕一盏灯，刻出微弱的光
照着它的祖国，把一场革命
拦在天亮之前。我还要雕刻
身后的寂静，城中草木
以及湘江枯竭的样子
荒废的渡轮堆在岸边
我正在和一个人
作最后的告别。她的马
拴在岳麓山下。

短章

1
梦里到天边
我伸颈，往另一个世界
瞄了一眼

2
在海上，挖个坑
我要刨出一碗
故乡的江水

3
水比黑夜深
一条鱼反复吞吐
它想嚼碎整个大海

4
天上有人喊
谁留在故乡
谁就一辈子牧羊

5
上帝给我一条命
像鱼养在水缸里
水干了，鱼会死

夤夜思

还有很多地方，想去
一直没有成行。还有几个女人
抽完这支烟，就好好爱她们
夤夜醒来。走到窗子边
街灯从脚底照上来，很明显
高处更暗淡一些
对面玻璃上，我的影子
有些颓然，孤独，甚至纠结
它正试图侧身，从裂缝中过来
刚刚心口疼了一下，想到生死
其实也不怕，就像一件脏衣服
我只是，把干净的一面
反过来，继续穿

回蒙城兼致旧时同窗

斜阳染红连绵起伏的哀牢山
像六颗血淋淋的心并排在一起
坍塌的地方，是你们离别时留下的破碎
相隔十年，我又回到蒙城
奈何明月沧桑，城内无故人

小白，滇西遥远，边关萧瑟
你要学会塞上吹箫，填补内心的空
吉克，彝人之子，传闻你把山鹰当作父亲
早为人夫，做了一个村姑的土司
乔兄，南湖水深，你的睡莲已醒
毕业无多时，她便绽放在别人的波心
阿明，未曾离开过故乡的阿明
像上帝吐出的籽粒，在宣威落地生根
大志，你与雪山比邻而居
请邮寄我一捧雪，晦暗的心需要洁白
我刚从悲伤的悬崖上退回来
丧父半年，至今心有余痛

十年啊，山还有棱，江水仍不竭
岂敢与你们走散
时常想起旧时光，时常梦里回蒙城
这一次，我真的来了
来到我们灵魂的故乡

趁年轻，你们也要来走走
生时多熟悉故乡
死后，魂才不会陌生

情人

也许，并非爱你
我只是爱你头顶的瀑布，发丝流淌
沿耳际垂泻，晚风吹拂下的宁静
爱你明亮的额头，直到光阴搭上
皱纹的梯子，够着关掉青春的灯
爱你清澈的眸子，直到老眼昏花
必须用手才能摸出我老去样子
摸出我的鼾声，以及你年轻时
随意留下的唇印
爱你粉红潮湿的嘴，直到唇齿沧桑
不能准确地喊出我的名字
爱你，吻你的手，吻遍你秀美的河山
在无人的林中，给你不切实际的承诺
也许，并非爱你
我只想要你转身时
俯下身子，吻我身上的泥土
以及旷野中摇曳的野花
泪水盈盈

山行

远上寒山。路漫漫
崎岖坎坷。立于山之南麓
仰观草木。黄，或者绿
一岁一枯荣，活过
也死过

悬在山腰的云
是半云寺。山门开合
吞吐和尚的背影
经书兀自翻开，读亦可
不读亦可

登临绝顶，此时
天下黄昏。如果山
从脚底下突然移开
我将成为，自己的
万丈深渊

酒后诗篇，兼致刘年

从湖南到云南
方向没变，你只是
从水边来到天上
做一只离群的海鸥

翠湖边吃酒，葡萄的酸
被你婉言谢绝，是呀
心有桃花，开在故园
夜的温柔，你藏着一手

这次，我们醉了
像两个赶尸人
妄图在城市的黄金地段
埋下我们死掉一半的心

你喜欢远行，帐篷搭在江边
风吹山林，半夜被鬼喊醒
绝望时，看书，听音乐
胁迫自己装死

除此之外，你只能在出租屋里
读于坚、雷平阳们的诗
或者，在一张毛片中
索要一场春梦

我的湘西兄弟
分不清 F 和 H 的湘西兄弟
文字的包身工，只身去北京
契约第一页写着：
泥做的菩萨，他一生
都在过自己的河。

多年以后

打扫灰尘，布置房屋
重新生火造饭，喂鸡养猪
回到官抵坎。哪怕
我一个人就是一个村

收回荒废的土地
种玉米、土豆，还有
茄子和辣椒。如果妻子喜欢
就给她搭一个瓜棚；如果
我们有孩子，男的
教他砍柴，女的
教她刺绣

有朋自远方来，只谈诗歌
不说政治。也不要带礼物
我喜欢读书

那时我已经不能打铁
但还会去竹林里，喝酒，抚琴
给走远的人写绝交书

手持火把的人

手持火把的人，在草地上行走
像一株石斛兰掰开坚硬的岩壁
如果，把他从人间突然拿走
黑夜中，会不会留下一个
人形的空

致舍友

七只蝴蝶在黑夜里破蛹而出
七只蝴蝶同一次扑向火
扑向悬挂在北回归线上的灯笼
七只蝴蝶七种标本
朝着七个村庄的方向
沿人间正道振翼飞翔
但现在，我宁愿这样认为
七只画笔，用七种色彩
在公元二〇〇五年七月
画下一个山冈
画下山冈上不散的筵席

春回大地

好不容易从冬天抽身
咧开嘴，狂吻树的臂膀
轮回的冲动撕开植被的衬衫
谁最先按捺不住，鹅黄的呻吟
来自腐叶之下，或者枯枝之上
春风起兮，从坡上下来
蹲在水边换洗季节的裙子
她的体温，随同一江春水
漫上堤岸，漫过人间

传说

我们相爱的时候天空是一家露天酒吧
我在天蝎座的吧台上请你喝天外之水
在云彩做的食谱上为你点一份来自火星的烛光晚餐
你戴上彩虹的光环，在阳光背后为我舞蹈
我们猜拳剪刀石头布，用星星做筹码
所有的消费由赢家买单
并收购整个天空的产权和股份

我们盗用牛郎织女的身份证做登记
在银河系的标间里挥汗如雨
太阳是一粒伟哥，或者摇头丸
它让我们像两颗脱轨的行星疯狂地碰撞
火花飞溅，整个宇宙五彩纷呈

你送给我火闪炼制的披风
我送给你月光编织的嫁衣
我们骑着风在爱情的真空地带招摇过市
用雷声电邀天外飞仙
在广寒宫出席我们的结婚典礼

多年以后，我们在大气层经营一家流星专卖店
做一对恩爱的小夫妻，不食人间烟火。

侠客行

你在这个秋天发动的
爱情政变，带着生猛的风
把我从歌舞升平的秦淮河上
逼到一首寂寞的小诗里
宋词中燃起的烛火，在我的船舶
刚拐进你的港口时，突然熄灭
你的青春鼓胀红肚兜时
我是你身边最好的武士
如今我流亡乌蒙，却听到
你在江南吹响凯旋的号角
你应该把我的头颅砍下来
送给你的情人以示决心
那样你就可以换取
荆山的玉璞和秦国的城池
有人猜测我已死去
或者曾出现在某个乡村的酒馆里
那时，请你不要回想起
我们泛舟江湖的往事而悄然拭泪
或许，我已在寡妇们
发情的裙袂里扑灭了仇恨的火花
正带着一群梳着发髻的小杂种
给他们讲你美丽动人的故事

后记

这本《山冈诗稿》是我的第一本诗歌集子，大部分拙成于二○一○年至二○一四年期间。随着写作的深入与阅读的扩展以及个人经验的丰富，我对诗歌的理解也发生了些许变化，为了更加接近自己心中好诗的标准，选稿时小部分诗歌略有改动，与最初发表所呈现的不尽相同。多年的心血，凝聚成这些诗歌，它们像一座座连绵起伏的山冈，踊跃在回乡的路上，供我登高怀旧，怅望故土。

这五年，曾经虚掷时光的狂狷之徒似乎一夜之间醍醐灌顶，懂得人有悲欢，生死无常。壬辰冬末，家父的突然薨殁将我打回原形——骨子里我是一个悲伤的人。有了更多针对生命深层意义的思考，我的诗歌重新返回生活现场，我把命运留给我的痛，分成若干次呻吟。

这五年，我的工作从乡村转移到城市，而家人却天各一方，这种在故乡漂泊的无根感，迫使我在诗歌中建立属于自己的精神家园。显然，我是失败的。生活死水微澜，而我也将一天一天地老去。

这五年，我结婚了，妻子是个温柔贤淑的女人,《山冈诗稿》付梓之际,我们的孩子也将出生。我希望宝贝长大后，能够知道他（她）的父亲，是一个诚实的人。

时至今日，我已年过而立，立字何为？就从这本诗集开始吧。

最后，诚挚感谢给予我帮助的各位老师和朋友，你们的好，我用诗歌铭记。

2015.3
云南镇雄

图书在版编目（CIP）数据

山冈诗稿／王单单著．
-- 北京：中国青年出版社，2015.5（中国好诗）
ISBN 978-7-5153-3387-8-01
Ⅰ．①山… Ⅱ．①王… Ⅲ．①诗集－中国－当代
Ⅳ．① I227
中国版本图书馆 CIP 数据核字 (2015) 第 126199 号

责任编辑：彭明榜
书籍设计：孙初＋林业

中国青年出版社 出版 发行
社址：北京东四 12 条 21 号
小众书坊地址：北京东城区后圆恩寺胡同甲 1 号
电话：(010) 64011190
网上销售：京东商城小众雅集图书专营店
北京精彩世纪印刷科技有限公司印刷　　新华书店经销

889mm × 1194mm　1/32　5.5 印张　112 千字
印数：3001－5000
2015 年 8 月北京第 1 版　2020 年 1 月北京第 2 次印刷
定价：45.00 元